classic tales ✦ cuentos clásicos ✦ classic tales ✦ cuentos clásicos
clásicos ✦ classic tales ✦ cuentos clásicos ✦ classic tales ✦ cuentos
classic tales ✦ cuentos clásicos ✦ classic tales ✦ cuentos clásicos
clásicos ✦ classic tales ✦ cuentos clásicos ✦ classic tales ✦ cuentos
classic tales ✦ cuentos clásicos ✦ classic tales ✦ cuentos clásicos
clásicos ✦ classic tales ✦ cuentos clásicos ✦ classic tales ✦ cuentos
classic tales ✦ cuentos clásicos ✦ classic tales ✦ cuentos clásicos
clásicos ✦ classic tales ✦ cuentos clásicos ✦ classic tales ✦ cuentos
classic tales ✦ cuentos clásicos ✦ classic tales ✦ cuentos clásicos
clásicos ✦ classic tales ✦ cuentos clásicos ✦ classic tales ✦ cuentos
classic tales ✦ cuentos clásicos ✦ classic tales ✦ cuentos clásicos
clásicos ✦ classic tales ✦ cuentos clásicos ✦ classic tales ✦ cuentos
classic tales ✦ cuentos clásicos ✦ classic tales ✦ cuentos clásicos
clásicos ✦ classic tales ✦ cuentos clásicos ✦ classic tales ✦ cuentos
classic tales ✦ cuentos clásicos ✦ classic tales ✦ cuentos clásicos
clásicos ✦ classic tales ✦ cuentos clásicos ✦ classic tales ✦ cuentos
classic tales ✦ cuentos clásicos ✦ classic tales ✦ cuentos clásicos

Pulgarcita

Thumbelina

Published by Scholastic Inc., 90 Old Sherman Turnpike, Danbury, Connecticut 06816,
by arrangement with Combel Editorial.

ISBN-13: 978-0-545-02099-2
ISBN-10: 0-545-02099-9

This product is available for distribution only through the direct-to-home market.

12 11 10 9 8 7 6 5 4 3 2 1   7 8 9 10 11/0

Printed in the U.S.A.

First Scholastic printing, May 2007

Pulgarcita

Thumbelina

Adaptación/*Adaptation* Darice Bailer
Ilustraciones/*Illustrations* Javier Andrada
Traducción/*Translation* Madelca Domínguez

SCHOLASTIC INC.
New York Toronto London Auckland Sydney
Mexico City New Delhi Hong Kong Buenos Aires

Había una vez una mujer que deseaba mucho tener un niño. Un día decidió ir a ver a una vieja bruja para que la ayudara.

La bruja le entregó una semilla de cebada y le dijo:

—Planta esta semilla y tendrás un niño.

*O*nce upon a time, a woman longed for a sweet little child to love. She turned to an old witch for help.

The witch handed the woman a single seed of barley and said, "Plant this in a flower pot and you will have a child."

La mujer plantó la semilla y brotó una hermosa flor blanca. Cuando los delicados pétalos de la flor se abrieron, la mujer vio una pequeñísima niña sentada en un banco de color verde. La niña era más pequeña que el dedo pulgar de la mujer, por eso la llamó Pulgarcita.

The woman planted the seed and a lovely white flower sprang up and unfurled its soft petals to reveal a tiny girl sitting on a little green stool. The girl was smaller than the woman's thumb, so the woman named her Thumbelina.

Como Pulgarcita era demasiado pequeña para dormir en una cuna, la mujer la acostó en la cáscara de una nuez.

Un sapo que saltaba cerca vio a la pequeña niña durmiendo y sus ojos negros brillaron.

—¡Qué niña tan linda! —exclamó el sapo.

Because Thumbelina was too tiny for a baby's crib, the woman tucked her in a walnut shell cradle.

A toad hopping by caught sight of the sleeping child and his black eyes brightened. "What a lovely little girl!" exclaimed the toad.

Sin pensarlo dos veces, el sapo sacó a la niña dormida de la cáscara de nuez y la llevó al jardín para que conociera a su hijo.

Pulgarcita despertó y se dio cuenta de que estaba sentada en una hoja de lirio en medio de un riachuelo, y que frente a ella estaban dos horribles sapos.

Without a second thought, the toad scooped the sleeping child out of the walnut shell and carried her down to the garden to meet his son.

Thumbelina awoke from her nap to find herself sitting on a lily pad in the middle of a stream, staring at two ugly toads.

Pulgarcita extrañaba mucho a su mamá y comenzó a llorar. Por suerte, unos peces que estaban cerca la escucharon y mordisquearon el tallo de la hoja para que Pulgarcita pudiera escapar.

She missed her mother terribly and began to cry. Luckily a couple of fish heard Thumbelina and nibbled off the stem of the lily pad so that Thumbelina could float away.

Pulgarcita salió navegando a la deriva y pasó por prados verdes y jardines llenos de flores. Entonces un abejorro la vio y se la llevó.

—¡Miren lo que he encontrado! —les dijo el abejorro orgulloso a sus amigos, pero a los otros abejorros no les gustó la pequeña niña.

***

Off sailed Thumbelina, past green lawns and flowering gardens, until a bumblebee carried her away.

"Look what I found!" the bee said proudly to his friends, but the other bees had no use for a tiny girl.

El abejorro dejó caer a Pulgarcita en el bosque. La pequeña niña vivió allí el resto del verano y el otoño hasta que llegó el invierno.

Un día, una rata encontró a Pulgarcita temblando de frío y la invitó a su casa.

The bee dropped Thumbelina off in the woods. There, Thumbelina lived by herself, as summer turned to autumn and then winter.

One day a mouse found Thumbelina shivering in the cold and invited her home.

La casa de la rata era cómoda y acogedora. Al poco rato de estar allí, llegó un amigo de la rata de visita, un topo.

—Hola, topo —dijo Pulgarcita y cantó una canción para él.

El topo se quedó encantado con Pulgarcita y la invitó a su casa.

The mouse's home was snug and cozy. Soon another guest arrived, the mouse's friend mole.

"Hello, mole!" Thumbelina said, and sang him a song.

The mole was charmed and invited Thumbelina to his house.

Camino a la casa del topo, Pulgarcita encontró a una golondrina enferma.

Esa noche, la pequeña niña tejió una manta de paja y envolvió al pájaro en ella. Le llevó agua en el pétalo de una flor y ayudó a la golondrina a beber.

Thumbelina followed the mole home and came upon a sick sparrow.

That night, she wove a warm blanket out of hay and tucked it around the bird. She carried a few drops of water on a flower petal and helped the bird drink.

Muy pronto, el pájaro se sintió mejor.

—Gracias, Pulgarcita —dijo el pájaro—. ¿Te gustaría marcharte de aquí?

———

Soon the bird grew stronger.

"Thank you, Thumbelina," the bird said. "Will you fly away with me?"

Pulgarcita se sentó sobre la golondrina y se fue con ella. Cuando iban volando, la pequeña niña miró hacia abajo y vio en una flor blanca muy grande a un niño de su mismo tamaño.

La golondrina colocó a Pulgarcita sobre la flor y allí, en una flor como en la que ella había nacido, Pulgarcita encontró a un amigo y vivió siempre muy feliz.

Thumbelina climbed onto the bird's back and flew away. Down below on a big white flower, she saw a little boy who was just her size.

The sparrow set her down, and there on a flower like the one where she was born, Thumbelina met the boy and lived happily ever after.